句集

孤島

井出野浩貴

朔出版

句集　孤島　目次

句集　孤島

二〇一四年

三十四句

しだれ梅くぐらむ深く息吸はむ

春燈や微恙の床に唐詩選

朧夜やことば知らざる頃の夢

最後の授業雪解雫を聞きながら

巡回の靴音止まる大試験

卒業す以下同文のその先へ

花の雨旅愁といふにあらねども

夜桜や茶房ソワレの二階席

柏餅せがれが食うてしまひけり

祖父の世は晴耕雨読菖蒲風呂

夏帽の鍔にふれたる水平線

薫風やファウルボールを素手に受け

対岸の空もわがものの夏つばめ

サングラス魚籠をのぞいてゆきにけり

野次愉快タイガース戦ナイターは

夕立の中へ新幹線突入

鉾建の眼鋭く急がざる

屋根のせて大船鉾となりにけり

夜の川涼し巷の灯を揺らし

大航海時代遙けき夕焼かな

親不知子不知蜻蛉ゆくばかり

旅人に遊女に越の虫時雨

翼あるものもやすらひ水の秋

おほかたは悲恋なりけり実むらさき

秋風やたたみて重き乳母車

こほろぎの国ゆく都電荒川線

逆上がりあきらめ帰る秋の暮

銀杏散るまだ見えて来ぬ鼓笛隊

街の灯のとどかぬあたり浮寝鳥

東京に老いゆく象よ冬木立

硝子戸をのぞきこむ猫十二月

短日の暗証番号が合はぬ

名画座の闇へマフラー巻きしまま

バスを待つ雪の駅前食堂に

二〇一五年

四十一句

賀状来るまた聞き慣れぬ任地より

かじかめる手に一時間目のチョーク

鳥のみか枯野の果を見たりしは
探梅の農家の庭に迷ひこみ

舞姫の晩年知らず春の雪

傘提げて街を歩きぬ風生忌

木の芽張るクレープの香にさそはれて
坂道は手を振るところ春夕焼

菜の花や灯りそめたる沖の船

幕間の一盞に酔ひ春の宵

さへづりのつひに姿を見せぬまま
大学の裏門しづか初ざくら

桜散る水面は夜空より暗く

フォアボールまたフォアボール苜蓿

ライ麦パン苦し五月の風あまし

井戸水のやうやう澄みぬ柿若葉

くるぶしにかひなに茅花流しかな

風鈴のまだよそゆきの音なりけり

そのかみは天守へそよぎ樟若葉

草笛の鳴るも鳴らぬも捨てらるる

白日傘はたして角を曲がりけり

ひとくちの梅酒のさそふ夜風かな

留守番といふも昼寝をしたるのみ

お下がりのリュックに新《さら》の登山靴

キャンディーズのポスターに会ふ帰省かな

こんなにも詰めこみ母の冷蔵庫

夕涼み厨房裏に椅子出して
いづこからともなく灯り川床料理

太陽系第三惑星星祭

星辰のめぐるが如く踊の輪

新涼や銀座にいまも湯屋質屋
たれの手も届かぬところ蜻蛉ゆく

白萩や正岡律といふ佳き名

月よ子もひとり歩きを好みたり

富士見中のジャージ着せられて案山子

月光にたたずめば草そよぎそむ

行く秋や川ははがねを研ぎ澄まし

落日は銀杏落葉を踏む間にも

枯蓮のほとりにポルノ映画館

音程の狂ひつぱなし社会鍋

数へ日や母より埒もなき電話

二〇一六年

三十八句

見つけしをたれにも告げず龍の玉

星屑を黒手袋に掬はばや

胡麻油仕上げに垂らし冬深し

雲といふ重たきものへ初雲雀

ここよりは人間の土地麦を踏む

春燈をつらね弓なす汀かな

病院の無音のテレビ鳥曇

母訪うて桜餅食ふだけのこと

天守なき幾星霜を桜散る
いりあひの桜吹雪にさらはれむ

虹の昼この時刻表うたがはし

少年の日の風吹くよ柏餅

ランボオの弊衣蓬髪麦熟るる

あかときを嘶きにけり祭馬

銭湯の故障のままの扇風機

見るたびにあめんぼ増えてゐるやうな

ビニールプール干して無認可保育園
あれがないこれがない明日からキャンプ

乗り換ふるたび夏草の濃くなりぬ

牧童の草笛犬が聞くばかり

涼風や畳の果に水平線

祭體逢ふときいつも雨もよひ

昼寝せり翼も鰭も失ひて

新涼や日のあるうちの湯屋帰り

白桔梗ゆふとどろきの寄せくるも
おとがひをつつむてのひら星月夜

句会では若手と呼ばれ衣被

コスモスや庭に犬小屋いつまでも

ちちははは二階使はず虫時雨

そのままのかたちにからび吾亦紅

水澄むや魚影の去ればば雲流れ
わが影をときにたしかめ月の道

さざなみは岸に到らず今朝の冬

じつとしてをれば寄りくる雪螢

きのふより深く踏みたる落葉かな

枯木立縫うて劇団員の声

火事跡の隣はけふも営業中

数へ日や校舎に響く打球音

二〇一七年

三十七句

初富士や橋を渡れば旅ごころ

入魂の一句採られず初句会

とらはれの獣もねむれ冬の月

川おほふ高速道路多喜二の忌

すさびたるゆゑは明かさず卒業す

鳥帰る人は煮炊をくりかへし

千駄ヶ谷四ツ谷市ヶ谷桜散る
風に乗り水にしたがふ落花かな

いもうともいつかふくよか桃の花

文庫本古りて森の香五月来ぬ

ぬばたまの闇を踏みしめ螢狩

黒揚羽前世王妃か傾城か

屋根裏に義賊かくまひ巴里祭

白日傘どこかよそよそしくなりぬ

籐椅子やムーミンパパのパイプ欲し

寝たきりといへどほがらか葛桜

劇団のテントくれなゐ木下闇

砂埃もろとも麦茶飲み干せり

かなかなの鳴きかはすとも木霊とも
母の気の済むまで墓を洗ひけり

味噌溶けば飯炊きあがり涼新た

犬叱る声なつかしき木槿かな

秋雨やありあふものに腹満たし
曼珠沙華父祖をたどれば流れ者

百回は洗ひしデニム天高し

さはやかや雲のあはひを雲流れ

わが胸の奔馬嘶き鰯雲

秋草やまどろむうちに日の翳り

食ひながらゆけと林檎を投げらるる
啄木鳥や人かよはねば道消えて

葉を落とし音をこぼして松手入

冬紅葉かかるところに誰が山墅

小春日の龍太の留守を訪ひにけり

巡礼の如し落葉の道ゆくは

葡萄の葉微醺帯びつつ枯れゆけり

葡萄棚枯れて寧日たまはりし

父もまた父厭ひけむ根深汁

二〇一八年

四十句

教へ子の幸不幸透く賀状かな

よべの雪舫ひ綱にも積もりをり

答案を片寄せ昼餉春浅し

豚カツにソースじゃぶじゃぶ受験生

春寒し人の誤字にはすぐ気づき

春雪やふたりの記憶くひちがふ

卒業歌すべてを赦すためうたふ

春宵の売れ残る花買ひにけり

つばめ来る東京いまだ普請中

たんぽぽや犬はいつもの道逸れず

金策のあとのパチンコ黄沙降る

売りものの椅子に腰掛け万愚節

フリージア咲いて不実をなじらるる

藤の花休暇をとりて何もせず

ややありてくちびる離し祭笛

雨雲はひかりをふふみ白菖蒲

おとがひの白し螢火あふぐとき
螢火ややかへりみるたび山迫り

舟とほりすぎし真菰のそよぎかな

無骨なる風鈴奏づれば可憐

死ぬるにもかかる銭金蟬時雨

切腹をまぬかれ蟄居さるすべり

秋雲や城下をゆけば子規の声

朝顔やたちまち遠き旅の日々

義経に鎌倉遠し葛の花

月光に醸されてゐる葡萄かな

放言癖いまも健在西鶴忌

諍ひならむ夜学子のタガログ語

冷まじや死後に嵩なす請求書

亡き人の薬を捨つる夜寒かな

父親はどこか投げやり七五三

掬ひたる銀杏落葉に日の名残

朴落葉すでに大地の色なせり

みづうみは汀より暮れかいつぶり

喪の家に溜まる新聞花八手
遺されし者つぎつぎに風邪引けり

瓦斯の火の青きに見入る寒さかな

三十年職に馴染めずおでん酒

間諜はパイプくゆらせ冬館

歳晩の洛中ゆけば浪士めく

二〇一九年

四十八句

残照のつひの一掬浮寝鳥

寒月や校門鎖す二十二時

漱石は知命を知らず冬すみれ

甘味屋に男がひとり風生忌

節税も保険も嫌ひ菠薐草

花ミモザ雨をふふみてなほ濡れず

さもあらばあれ蛮声の卒業歌
とある日のとほりすがりを桜散る

生国も歳もまちまち入学す

遠足の教師つられて土産買ふ

空飛べぬ鳥にも翼五月来る

葉ざくらや生徒の二倍辞書引いて

薫風や着れば消えゆく畳皺

子燕に日がな一日発車ベル

川風に潮の香はつか夏つばめ

翡翠の残像水に溶けゆけり

鳰の浮巣天地創造幾日目

椋鳥の嘴より垂れて蜥蜴の尾

水平線ふたたび生まれ明易し

陸の灯の遠ざかりゆくビールかな

知恵袋らしきは寡黙鉾建つる

大船鉾路地に降臨したりけり

雨休へたるまま暮れて川床料理
鮎焼かれなほ急湍をゆくかたち

鮎の腸食うて血潮を清めけり

うちあふぎ旅も終りの合歓の花

死にきれぬものに蟻はや群がりぬ

殺生の手を洗ひをる西日かな

風鈴に母を託して帰りけり

女湯の声聞こえくる木槿かな

迎火を焚かむとすれば風立ちぬ

秋蟬の鳥に突かれたる声か

えんまこほろぎおかめこほろぎ不眠症

新宿もいつかは廃墟赤とんぼ

さはやかや舟より舟へ跳び移り
海原へ出づれば月に近づきぬ

ルビを振ることに始まる夜学かな

小鳥来る母の月火水木金

かばかりのことに日が暮れ冬支度

写真師の革靴ふるび七五三

木枯や踊り場ごとに蛍光灯

ほのかにも紅差すあはれ返り花

あのころは実学蔑し冬木立

蔦枯れて学問の灯と祈りの灯

あらすぢを語れば陳腐おでん酒

切干のほとびて母のゆふまどひ

監獄は明り洩らさずクリスマス

大年や吹きさらさるる母の家

二〇二〇年

四十八句

コートやや寸足らずなり成人祭
脱いで着て脱いで結局着ぶくれて

森に棲むものとわかちて冬の水

冬枯や古戦場いま鳥の国

工場も川面も煤け雪もよひ

すれちがふ昼夜の生徒日脚伸ぶ

春立つや屋根より雀跳ねこぼれ

なまぬるき言葉捨つべし実朝忌

伊吹嶺を闇へ還して初諸子

わかさぎやまだ醒めやらぬ山の色

白椿母に告げざる訃のひとつ

すぐに泣く女信ぜずヒヤシンス

人死して髭剃られをる朧かな

飴玉に空き腹なだめ鳥曇

眠るまま貰はれてゆく仔猫かな

せがれにも外面あらむ蜆汁

花の影とどめて水のとどまらず

コメディアン逝きて花冷ことのほか

あの山のあなたも桃の花の頃
時ならぬ睡魔あまやか藤の花

庖丁のどれもなまくら春深し

巣立鳥雨をはらひて鳴きにけり

親つばめ餌をやる口を迷はざる

花菖蒲われも利鎌に刈られたき

放蕩の果のすさびの金魚かな

みづうみにうつらぬ高さ夏つばめ

あれマノンこれはカルメン夏の蝶

つきあうてやるか天道虫の擬死

昼顔や保健室では多弁とか

かなぶんを閉ぢこめ夜の校舎出づ

ゆふぐれに和してまぎれず沙羅の花

塩の粒透けたる冷しトマトかな

蟬しぐれ蟬のむくろに降りそそぎ

たたずめば波音迫り月見草

再開発反対掲げ猫じやらし

灯を消して星に近づく夜学かな

いしぶみに飢饉の二文字曼珠沙華

橡餅やにはかに暮るる鯖街道

また来てと母に言はれて秋の暮

虫の夜の孤島めきたる机かな

秋深し万年筆をこつと置き

綴ぢられて書類忘られ冬隣

曖昧な色をゆるさず冬薔薇

読めぬまま返す一冊枇杷の花

命綱なぶるビル風十二月

牡蠣フライ食うて散ずるほどの鬱

ともしびをつつむ暗闇クリスマス

父のことつくづく知らず冬の月

二〇二一年

四十六句

竹馬の子に昼めしを覗かるる
やがて星空をただよふ浮寝かな

ユダヤ人墓地誰が踏みし霜柱

真夜中の姿見杉田久女の忌

春めくや家居に雨を聴くことも

木々の影さだまらざるは水温む

薄雲のかさなりあふも雛の頃
さざなみのやうに日の差すすみれかな

悔いを知る者はさいはひ卒業す

理髪師に放心のとき春の暮

窓からは見えざりし雨楓の芽
弾圧も論争もなし西東忌

月光に羞ぢらふしだれざくらかな

眠られぬ夜を籠め桜ふぶくらむ

介護にも忙中の閑桜草

行く春や虚貝より砂こぼれ

触るるともなく触れあへり夜の新樹

さやぎそめやがて打ちあふ今年竹

風とほすために訪ふ家柿の花

剝製にされて百年梅雨深し

拭へども拭へども汗喪主なれば

ちちははの亡き世の茅の輪くぐりけり

風鈴や思ひあたりし母の嘘

立葵来るたび空家めきにけり

チボー家のジャック遙けし夏休

ナイターの隣のビルの働く灯

夜の秋手擦れの辞書になほ頼り

無精髭撫で朝顔に日々の水

下駄鳴らし古本あさる残暑かな

鉦叩爪切るために眼鏡かけ

雨の穢を雨にすすげり草の花

屋上へたれも誘はず鰯雲

秋刀魚焼く日曜暮るるむなしさに

死者の声かたへに燈火親しめり

濹東のこころにかなひ後の月

日の落ちてなほ日をはらむ芒かな

抽斗に眠る歳月つづれさせ

伐採の木に手を合はせ冬隣

名のみ知る父の異母妹石蕗の花
山茶花や畳むほかなき家なれど

木の葉髪急いて詮なきことばかり

理財にもメカにも疎く蕪汁

落葉掻く手練の音に聞き入りぬ

風の音連れて帰りし柚子湯かな

映すとは容るるにあらず冬の水

湯豆腐や父逝き母逝き戦後逝き

句集　孤島　畢

あとがき

『孤島』は第二句集です。第一句集『驢馬つれて』以降、二〇一四年から二〇二一年までの八年間の句を収めました。

八年は生涯の十分の一ほどでしょうか。この間に、父を見送り、母を見送りました。つい最近生まれたような気がする息子は、学校を卒え社会人となりました。私自身の仕事も引き時が近づいています。「時は過ぎてく瞬く間に」と、一九七八年に浜田省吾が歌ったとおりです。

句集を編むにあたり、西村和子先生に選を賜りました。初学びの頃より導いてくださった行方克巳先生、西村和子先生に、この場を借りて深くお礼申しあげます。

二〇二二年十二月

井出野浩貴

著者略歴

井出野浩貴（いでの　ひろたか）

1965年　埼玉県生まれ

2007年　「知音」入会

2013年　青炎賞（知音新人賞）受賞

2014年　句集『驢馬つれて』上梓

2015年　第38回俳人協会新人賞受賞

川口市芸術奨励賞受賞

2021年　知音賞受賞

現在　「知音」同人　俳人協会幹事

翻訳書　『ミシシッピ＝アメリカを生んだ大河』（ジェームス・M・バーダマン著、講談社）ほか

現住所　〒332-0017　埼玉県川口市栄町1-12-21-308

句集　孤島　ことう

2023年5月1日　初版発行

著　者　　井出野浩貴

発行者　　鈴木　忍
発行所　　株式会社 朔《さく》出版
〒173-0021　東京都板橋区弥生町49-12-501
電話　03-5926-4386　　振替　00140-0-673315
https://saku-pub.com　　E-mail　info@saku-pub.com

装　丁　　奥村靫正／TSTJ
装　画　　星野絢香／TSTJ
印刷製本　中央精版印刷株式会社

ISBN978-4-908978-87-6　C0092　￥2600E